Ye

22894

DEUIL

ET

TRILOGIE RÉPUBLICAINE.

Imprimerie Nationale de veuve BAUME, rue de l'Arsenal, 17.

DEUIL

ET

TRILOGIE RÉPUBLICAINE

POÉSIES PATRIOTIQUES

PRÉCÉDÉES

D'UNE ÉPITRE

PAR

T. FUNEL.

Sans craindre la prison, sans redouter la faim,
Toujours retentira mon vers républicain!...

———

TOULON.

1848.

ÉPITRE

DE

RECONNAISSANCE.

Je rends graces à vous dont les cœurs sympathiques

Ont si bien accueilli mes vers patriotiques !

Merci d'avoir donné de fraternels bravos

A des chants plébéiens, enfants de mes travaux :

Merci d'avoir versé, par votre courtoisie,

Votre chère amitié, cette douce ambroisie,

Dans mon cœur désolé, souffrant, endolori,

De revoir, en ce jour, le Peuple au pilori.

Jamais ne s'éteindra la vigoureuse flamme,

Que vos vœux, vos souhaits attisent dans mon âme.

Je n'oublirai jamais les pressements de mains

Que m'ont déjà valu mes chants républicains !

Votre approbation des méchants me console.

Je prends, avec transport, vos désirs pour boussole ;

C'est dire que je vais épancher tour à tour

Tout ce que je contiens de venin et d'amour ;

C'est dire que je vais de la satire amère

Faire pleuvoir le fiel, que contient sa colère,

Sur le coupable front des traîtres, des pervers,

En les faisant passer au crible de mes vers.

L'ardente Vérité, qui me guide et m'attire,

Seule dirigera le vol de ma satire ;

Et sans avoir égard aux titres des méchants,

Je graverai leurs noms au milieu de mes chants.

Je mets, avec bonheur, à votre connaissance

L'éternel souvenir de ma reconnaissance.

A vous tout ce que j'ai de volonté, d'ardeur,

D'énergie et d'amour dans l'âme et dans le cœur !

Mais à vous qui rivez la populaire chaîne,

Je vous lègue à jamais la vertueuse haine

D'un cœur Républicain ! qui dit la vérité,

Qui combat pour le Peuple et pour l'Humanité !...

DEUIL.

France, que ton Soleil s'entoure de ténèbres
Et couvre ton beau front de longs voiles funèbres !
Que les oiseaux du ciel, chantres de l'Univers,
Suspendent leurs chansons et leurs hymnes divers ;
Et que les fleurs des chants, fraîches républicoles,
Parfument de leurs pleurs le miel de leurs corolles :
Car l'esprit harpagon, tout chamarré d'orfroi,
T'opprime en dictateur sous sa verge de roi ;
Car la *réaction*, sanguinaire panthère,
Enlève chaque jour les droits du prolétaire ;
Car le sang répandu pour guérir tes cancers,
Retombe sur ton Peuple et lui forge des fers ;
Et car l'oppression, amante du servage,
Annonce le retour de l'ancien esclavage !

Heureux les saints martyrs, vierges de tout remord,

Tombés en Février sous la faulx de la Mort !

Ils sont morts enivrés de la douce espérance,

D'avoir hâté le jour du bonheur de la France.

Oh ! ce n'est point mourir que d'expirer vainqueurs,

Mais c'est vivre toujours dans l'histoire des cœurs !

Mourir pour la Patrie, au sein de la victoire,

C'est l'immortalité ! C'est se couvrir de gloire !...

Bienheureux donc les morts !... Malheureux les vivants

Qui sont à la merci des politiques vents.

Cessons de regretter le destin de nos frères,

Et d'arroser de pleurs leurs pierres funéraires ;

Mais pleurons désormais sur le béant cercueil,

De la France éplorée et couverte de deuil !

Pleure, Peuple Français ! au milieu des alarmes

Prends des habits de deuil, arrose-les de larmes ;

Car le précieux sang de tes glorieux fils,

A vainement rougi le pavé de Paris ;

Car ceux qui mendiaient naguère tes suffrages

Te jettent, ces ingrats, la bave des outrages :

Car le Pouvoir nouveau, dans sa lubricité,

Cherche à ressusciter la féodalité !

Pleure, pleure toujours, car le traître Marie [1]

T'enchaîne en te volant ta Liberté chérie;

Ce tartufe éhonté, ce tyran suzerain,

Divise, avec la mort, le Peuple souverain

S'il veut se rassembler, pour parler politique,

Sous le dôme étoilé de la place publique.

Pleure, car tu n'as plus, comme un Peuple bâtard,

Que des clubs prohibés ou flétris d'un mouchard !...

Peuple, quand luira donc le jour d'indépendance,

Où de tes ennemis tu rompras l'impudence ?

Où les hommes d'État, cessant d'être exploiteurs,

Seront du Peuple-Roi les humbles serviteurs?

Où nous ne verrons plus écarteler le monde,

Par la maigre Misère et l'Opulence immonde?...

Soldats, quand le tambour, militaire tocsin,

Vous dit : Il faut voler au secours d'un Rollin ;

D'aller et contenir, des civiles tempêtes,

Le Peuple, ce géant, ce Christ aux mille têtes,

Réclamant au Pouvoir les politiques droits

Qu'il vient de lui ravir pour la centième fois !

Alors, rappelez-vous que le Peuple est vos pères,

Que le Peuple c'est vous, que le Peuple est vos frères !

Et marchez avec lui, magnanimes soldats,

Criant : Vive le Peuple !... A bas ses renégats !...

Si d'un subtil Devin la prophétique bouche,

Avait prédit les maux dont le présent accouche ;

Nous l'aurions accusé d'être un sot radoteur,

Propageant les désirs d'un esprit imposteur.

Pourtant, qu'avons-nous eu de cette République,

Qui devait soulager la misère publique ;

Qui devait accomplir le paternel devoir,

De donner à chacun du pain et du savoir ?

Hélas ! rien ; si ce n'est : de sanglantes épreuves,

Des victimes, des morts, des orphelins, des veuves,

Un jour de liberté, puis d'autres oppresseurs,

Plus cruels, plus méchants que leurs prédécesseurs !

Voilà les fruits cueillis dans trois jours de bataille,

Et les civiques droits conquis par la mitraille !…

Braves Républicains, brisés par ces malheurs,

Devons-nous perdre espoir de guérir nos douleurs ?

Non ! espérons toujours, l'Éternel nous l'ordonne.

N'imitons pas Samson broyé sous la colonne.

Espérons en aimant, puisant dans le savoir :

La force, l'union, le courage et l'espoir !

Mais vous, cœurs vertueux, que la misère assiège,

Dont le faible estomac à la faim sert de siège ;

Sans pain et sans travail je vous vois mépriser

La belle République et même l'accuser :

Arrêtez, Parias, votre colère amère !

Honnir la République, ah ! c'est honnir sa mère ;

C'est injurier Dieu dont le cœur paternel,

Pure doit la donner à l'amour fraternel.

Convient-il d'accuser les sublimes préceptes

Du grand Nazaréen, quand des prêtres ineptes

S'en servent pour prêcher le blasphème et le mal ,

Se rendant les échos de l'esprit infernal ?

Non, il faut accuser le prêtre sortilège

Qui commet sciemment un pareil sacrilège !

Et respecter les lois de la Divinité,

Qui doivent racheter, un jour, l'Humanité.

De même nous devons, d'un cœur patriotique,

Adorer et bénir l'auguste République !

Et maudire à jamais les Guizotins nouveaux.

Maudissons Lamartine et Rollin, ces bourreaux [2] !

Bourreaux, je le redis, de notre République !

Occultes égorgeurs du corps démocratique !

Ennemis de nos droits et de la Liberté !

Infames assassins de l'ange Égalité !

Maudissons les amis de la *Chambre* servile,

Les vils instigateurs de la guerre civile ;

Et du trésor public les clandestins voleurs,

Enrichis des deniers des sages Travailleurs ! ! !

Voilà les ennemis du bonheur populaire,

Sur qui doit retomber notre juste colère ;

Mais je lo dis encor, loin de notre courroux,

La République , il faut l'adorer à genoux !

Vous, qu'un vent populaire a couronnés de gloire,

En vous investissant du Pouvoir provisoire ,

Vous nous avez trompés, comme des charlatans !

Et vous leurs Successeurs, vous nos Représentants [3],

Daignez-vous obtenir les promesses pompeuses,

Vivantes, sous nos yeux, dans vos phrases trompeuses ?

Hélas non ! car vos cœurs, lunes de trahison,

Éclipsent le Progrès brillant à l'horizon !

Le prince Belzébuth vous commande et vous presse,

Pour votre *sûreté*, de museler la Presse ;

Et tremblants vous venez, portant un bâillon d'or,

Ou des clefs de prisons, la bâillonner encor !

Vous usurpez les droits conquis aux mitraillades,

Par le sage ouvrier, héros des barricades !

Déjà vous oubliez que le Peuple demain,

S'il veut, peut vous broyer dans le creux de sa main !

Tremblez ! car vous avez, même à vos jours de fêtes,

Un volcan sous les pieds, la foudre sur vos têtes ;

Car le Peuple d'un signe expulse ses tyrans,

Comme l'algue des mers vole au gré des autans !...

Août 1848.

––––––––––

TRILOGIE

RÉPUBLICAINE.

Liberté, Égalité, Fraternité.

Le temps de l'âge d'or a fui comme un vain rêve,

Dès qu'Adam eut mangé le fruit offert par Ève.

L'âge d'argent régna dès l'instant que Caïn

Fut de son frère Abel le jaloux assassin ;

Ce jour fut le berceau du sordide égoïsme,

Du prolétariat et du pharisaïsme.

Le règne de Satan, qu'on nomme âge de fer,

Pèse sur les humains depuis que Lucifer

Et la crasse ignorance, au sommet du Calvaire,

Crucifièrent Christ, que mon âme révère !

En voyant ces forfaits, notre Père Éternel

Cessa de rendre heureux un monde criminel.

Et dès-lors l'Univers, pour expier ses crimes,

S'est couvert de martyrs, de sang et de victimes !

Dieu, pour nous châtier, c'est tout dire en huit mots,
Permit la royauté, le pire de nos maux !

   C'est après six mille ans de peines, de souffrances,
De résignation, de pleurs et d'espérances,
Que sensible à nos maux, le Seigneur Trinité
Fait luire à l'Orient l'astre Fraternité,
La Liberté bénie et l'Égalité pure,
Ne formant, comme lui, dans leur triple nature
Qu'une seule unité! C'est trois cœurs en un cœur,
C'est le Père, l'Esprit et le Fils Rédempteur.
Oh! c'est la TRILOGIE, une et républicaine,
Qui fait des cœurs aimants son fertile domaine ;
Qui, malgré les désirs des hommes vicieux,
Brillante quittera l'immensité des cieux ;
Apportant aux humains de la céleste voûte,
Pour leurs péchés commis, le baume de l'absoute !

   La LIBERTÉ, n'est pas un mot dit au hasard,
Que Dérision peint au sein d'un étendard.

Ce n'est point un vain nom qu'Hypocrisie affiche;

Mais c'est le droit sacré que le pauvre et le riche,

Ont de développer l'intelligente ardeur

Que le Ciel a placée au fond de chaque cœur.

L'esprit de liberté, c'est la vive gazelle,

C'est l'aiglon traversant la nue à tire-d'aile,

C'est des monts escarpés le chamois et le daim,

Que la Mort seule peut arrêter de sa main.

Liberté, c'est le droit que chacun a de dire

Ce que ressent son cœur, sans redouter le sbire,

Et c'est le phare, enfin, dont la mâle clarté,

Sur le chemin du temps, conduit l'Humanité.

Liberté, Liberté, suprême Souveraine;

Mère pleine d'amour de la famille humaine,

Quand feras-tu cesser nos poignantes douleurs?

Quand viendras-tu tarir la source de nos pleurs?

Et quand répandras-tu, Soleil d'indépendance,

Par tes libres rayons : le bonheur, l'abondance,

La paix, l'amour, la vie et la fertilité,

Sur nos fronts soucieux et sur l'Humanité?...

A ce timide appel fait à ma Souveraine,
Une voix me frappa, comme un chant de sirène,
Disant : « Je règnerai, Peuples, quand le savoir
« A tous vous donnera : l'union, le pouvoir,
« La volonté, la force et surtout le courage
« De briser les liens du moderne esclavage! »

Et le multiple écho, par des vibrations,
Sur ses ailes porta la *voix* aux Nations;
Et le Monde sortant d'une coupable extase,
Un moment s'ébranla sur sa mobile base.

L'ÉGALITÉ, c'est Dieu; qui sans distinction
Donne la vie à tous dans sa création;
C'est l'amour inhibant le prodigue et l'avare,
L'agioteur Rothschild et le pauvre Lazare :
C'est la loi qui proscrit : misère et superflu;
Qui d'un Peuple appelé doit faire un Peuple élu :

C'est la Société qui, sans prérogatives,

Reçoit, aime et nourrit ses populeux convives ;

C'est le Christ conviant, d'un œil impartial,

Les hommes à s'asseoir au festin social.

Égalité que j'aime, adorable Déesse,

Les hommes corrompus, pourris par la mollesse,

Disent : « *L'Égalité sera de tous les temps*

Un mensonge, une erreur, un mot vide de sens. »

Oh ! non Égalité, tu n'es pas un mensonge,

Tu n'es pas une erreur, tu n'es pas un vain songe!

Car Jésus dit aux Juifs : « UN JOUR L'ÉGALITÉ

SUR LE MONDE LUIRA COMME UNE DÉITÉ. »

Quitte donc les hauteurs des régions polaires,

Pour venir essuyer les larmes populaires ;

Pour que tous les cœurs purs chantent ton règne saint,

Et pour que l'Univers de ton éclat soit ceint.

Viens, viens, pour que mon œil que la douleur ulcère,

Cesse d'apercevoir Opulence et Misère :

Pour que le Travailleur, ne manquant plus de pain,

Cesse de redouter le vautour de la faim ;

Pour que devant Thémis ta balance équitable,

Acquitte l'innocent et frappe le coupable,

Et pour que ta lumière, en éclipsant Phébus,

Guide le pas boiteux de l'aveugle Plutus.

Viens! pour que les méchants ne répètent encore :

L'Égalité n'est rien qu'un brillant météore,

Qui pour un seul instant apparaît dans les cieux,

Et ne laisse après lui qu'un sillon radieux.

Ma prière finie, une voix sans pareille

Vint, comme un chant d'oiseau, caresser mon oreille ;

Disant : « Je règnerai, Peuples, quand le Savoir

« A tous vous donnera la force et le pouvoir

« De chasser aux enfers, par le Socialisme,

« L'intérêt personnel et l'ignoble égoïsme! »

Et le multiple écho, par des vibrations,

Sur ses ailes porta la *voix* aux Nations ;

Et le Monde sortant d'une coupable extase,

Un moment s'ébranla sur sa mobile base !

Oh ! la FRATERNITÉ, c'est un autre Jésus

Flagellé des soldats, des prêtres, des crésus ;

C'est le brûlant amour, rigorisme sévère,

Qui soutenait le Christ expirant au Calvaire :

C'est le creuset divin qui doit purifier

Le monde virulent et le bonifier ;

C'est l'esprit créateur qui doit, par sa clémence,

Changer notre planète en une ruche immense,

Et faire de la terre un délectable Ciel

Où chacun recevra sa large part de miel.

C'est le cœur du Très-Fort, et c'est sa loi suprême

Qui dit : « VOUS AIMEREZ AUTRUI COMME VOUS-MÊME ! »

C'est la Mère, ici-bas, de ses jumelles sœurs ;

C'est l'effroi des tyrans, le glas des oppresseurs :

C'est l'espoir enivrant de tout cœur prolétaire ;

C'est des maux sociaux le baume salutaire :

C'est l'ange Gabriel, gardant l'Humanité ;

Enfin c'est le bonheur.. C'est la Fraternité !...

Fraternité, descends de la voûte étoilée,

Pour couvrir de tes fleurs l'infertile vallée ;

Pour apporter à tous tes consolations ;

Pour alléger le poids de nos afflictions :

Chasse, par ton amour, les douleurs de ce monde ;

Couvre de tes bienfaits la vaste mappemonde ;

Et viens effectuer les dogmes qu'apporta

L'Homme-Dieu, mort pour tous sur le mont Golgotha !

A ces mots une voix, larmoyante et plaintive,

Frappa d'étonnement mon oreille attentive ;

Disant : « Je règnerai, Peuples, quand le Savoir

« A tous vous donnera la force et le pouvoir,

« De répandre le sang qui court dans vos artères

« Pour l'amour de vos Sœurs! Pour l'amour de vos Frères!»

Et le multiple écho, par des vibrations,

Sur ses ailes porta la *voix* aux Nations ;

Et le monde sortant d'une coupable extase,

Un moment s'ébranla sur sa mobile base !

Voilà la Liberté, voilà l'Égalité

Sur le char éclatant de la Fraternité ;

Exilant dans le ciel leur belle TRILOGIE,

Et chantant le Dieu fort par leur hymnologie.

Trinité, tu l'as dit, l'AMOUR et le SAVOIR

Seuls doivent nous donner le bonheur de t'avoir ;

Car le sang est impropre à chasser l'esclavage,

Qui malheureusement se transmet d'âge en âge ;

Nous le voyons encor, par de récents succès,

Dominer, écraser le grand Peuple Français.

Des d'Orléans déchus, les serpents sataniques

Ourdissent dans la nuit des projets tyranniques !

Le jésuite Henri Cinq [4], Thiers [5] et Napoléon [6] ;

Conspirent sous la peau du vil caméléon !

Ils ne savent donc pas ces Talleyrands, ces princes,

Qu'on ne peut gouverner Paris et ses provinces,

Si l'on n'a pas un cœur aimant la Liberté ,

L'Égalité complète et la Fraternité !

Français, soyons aimants ; veillons sur la Patrie

Et nous verrons tomber toutes les *lois-Marie*.

Les perfides complots des faux républicains,

Les désirs criminels que font les publicains,

Viendront comme une mer, bouillante de colère,

Expirer en frappant sur le roc populaire !...

Toulon, Septembre 1848.

FIN.

NOTES.

NOTES.

Je prends la vérité où je la trouve.

« Pleure, pleure toujours, car le traître Marie
T'enchaîne en te volant ta liberté chérie.

La loi contre les attroupements, laisse loin derrière elle
tout ce qu'avaient imaginé, sous Louis-Philippe, les es-
prits les plus féconds en énormités : loi vraiment draco-
nienne, comme on l'a nommée dans l'Assemblée même. Le
droit de réunion, la presse, elle frappe tout également. Elle
crée des crimes que, le plus souvent, on commettra sans le
savoir, des crimes ignorés de ceux qui en subiront la peine.
Elle établit la complicité morale, cette monstruosité que le
gouvernement déchu lui-même n'avait pas osé introduire
dans la législation. Voilà ce qu'après *un mûr examen*, le
citoyen Marie est venu demander qu'on votât d'urgence.
Il faut en finir ! s'est-il écrié : et en effet il en a fini
avec la justice et l'humanité.

(Le *Peuple Constituant* du 9 juin 1848.)

ₐ Maudissons Lamartine et Rollin, ces bourreaux !

Ce sont MM. *Ledru-Rollin* et *Lamartine* qui, en défi-
nitive sont la principale cause de nos malheurs : ce sont
eux qui avaient surtout la confiance du Peuple ; ce sont eux
qui avaient plus spécialement pris envers lui l'engagement
de sauver la Révolution ; et ce sont eux qui l'ont perdue ;
il n'est pas une de nos angoisses, pas un de nos périls, pas
un de nos malheurs qui ne soit leur ouvrage.

(Le *Populaire* du 9 juillet 1848.)

₃ Et vous leurs Successeurs, vous nos Représentants,

Sous cette dénomination, je suis loin de vouloir com-
prendre les Républicains Socialistes, qui font partie de la
Constituante ; au contraire, courage et gloire à eux !

₄ Le jésuite Henri Cinq. . . . .

Depuis sa naissance il est réservé à la mission de Sau-
veur de la France, pour laquelle les courtisans le sacrèrent
sous le nom de l'*enfant du miracle* ; ce n'est pas une raison
pour qu'il en fasse. C'est le mignon de la légitimité. Que le
faubourg Saint-Germain fasse des neuvaines et sème de
l'argent en son honneur, le noble faubourg en sera pour
ses frais.

(Le *Tocsin des Travailleurs* du 5 juin 1848.)

. . . . 5 Thiers . . . .

Le ministre de Louis-Philippe, la doublure de Guizot, se croit seul capable de ramener le calme et le bonheur en France. Saint-Méry, Transnonain, Lyon, les fortifications de Paris, voilà ses titres sans doute. Les fins politiques prétendent qu'il vise à la présidence de la République, si ce n'est même au consulat à vie : on sait que M. Thiers est assez souvent le singe de Napoléon.

(Le *Tocsin des Travailleurs* du 4 juin 1848.)

———————

. . . . 6 et Napoléon;

Le nom de Louis-Bonaparte est le drapeau d'une conspiration. Depuis longtemps des rêves d'ambition remplissent la tête de ce jeune homme, qui nous apportait d'Angleterre, il y a quelques années, l'aigle de l'Empire dans une cage. L'Empire est mort avec l'Empereur; il était l'Empire tout entier; mais l'ombre même de cette grande gloire peut réveiller au fond de certaines âmes, souffrantes de nos hontes passées et de nos hontes présentes, des sentiments dont la générosité même serait en ce moment dangereuse pour la République.

Disons-le nettement, la France n'a pas de gouvernement, elle attend un gouvernement; et, dans cette attente, toutes les prétentions reparaissent, tous les héritiers des vieux morts accourent pour se saisir de la terre sacrée de la Liberté, de la Patrie de l'avenir, comme d'une succession vacante.

Ils s'abusent, ces fils du passé, ces pâles fantômes d'un monde fini ; ils oublient le Peuple. Le Peuple veille sur son œuvre : malheur à qui osera y porter la main !

(Le *Peuple Constituant* du 10 juin 1848.)

FIN DES NOTES.

REVUE
RÉPUBLICAINE

PUBLIÉE

PAR LIVRAISON DE 32 PAGES IN-8°,

PAR

le Citoyen

S. CHARLANT.

Il paraît une livraison dans le courant de chaque mois.

Le prix de chaque livraison est de 40 centimes pour Toulon, et de 50 centimes pour les départements.

On s'abonne :

A TOULON, Mme Ve Baume, imprimeur rue de l'Arsenal, 17.
A PARIS, Vincent, rue St-André-des-Arts. 13, et Didot, rue Jacob, 30.
A LYON, Savy jeune. — A BORDEAUX, Gaillet et Charmas.
A MARSEILLE, Bellue fils. — A BREST, Ve Lefournier

Vous tous qui souffrez, victimes de la vicieuse organisation sociale, prenez et lisez la *Revue Républicaine*, et vous y trouverez des paroles d'avenir et de consolation, qui soulageront vos âmes attristées !

Républicains démocrates, la *Revue Républicaine* est le fidèle miroir de vos espérances et de vos désirs.

Honnêtes Travailleurs, martyrs de l'ignorance, lisez la *Revue Républicaine*, et vos cœurs desséchés par l'égoïsme d'une société marâtre, y puiseront la connaissance de vos droits et de vos devoirs.